저 우주적 도둑을 잡다

J.H CLASSIC 090

저 우주적 도둑을 잡다

김다솜 시집

지혜

시인의 말

아르케*

그대를 만난 것은 나의 축복
무엇이든 집착한다고 영원할까.

모였다 흩어지고 흩어졌다 모이는
흘러가는 뜬구름과 강물만 그럴까.

그대를 만난 것은 나의 행운
시작이자 끝, 끝이자 시작이다.

2022년 가을
김 다 솜

* 아르케arche는 고대 그리스어로 '처음', '시초'라는 의미가
있으며, 고대 그리스 철학자들은 우주 만물의 현상을 근본원리,
원질, 원인이 있다고 했다. 그리고 불교에서는 지수화풍地水火
風을 아르케라 했다.

차례

1부

2부

3부

4부

• 일러두기
 페이지의 첫줄이 연과 연 사이의 띄어쓰기 줄에 해당할 경우 > 로 표시합니다.

1부

술래잡기

잠시 여행 다녀온다는
메모 흔적도 없이 사라진
그를 만나려고 꼭두새벽에 일어났다
혼자 숨기 싫어 낙엽 아래 애벌레와 숨었을까
아님 매미를 만나 노래하고 있을까
베짱이를 만나 놀고 있을까
분명 어딘가 있을 그를
찾으려고 낯선 골목길 걷다가
저 멀리 도봉산 봉우리를 바라보았다
미세먼지와 저 산봉우리 넘어 갔을까
계곡 지키는 바위 아래 숨었을까
아님 낮잠 자다 길을 잃어버렸나
어디 있는지 찾고 찾아봐도
내 곁으로 오지 않는 그는
어느 날 번개처럼 나타났다가 사라졌다
외롭고 힘들 때 다독여 준 버팀목이자
다시 꽃신 신고 꽃길 걸어갈 지팡이
강아지 닮은 개구쟁이들 돌보다
잠시 그를 잃어버린 날.

내 안에 숨은 詩

보이지 않는 힘에 끌려가는
꿀처럼 새콤달콤한 선물입니다

삶에 지친 그대의 영혼을
무엇으로 평온하게 해드릴까요

숨은 시를 찾으려고 흔들리는
따뜻한 그늘 밟으며 산책합니다

삶에 지친 그대의 영혼을
무엇으로 평온하게 해드릴까요

포도 나뭇가지의 법法

완두콩만한 푸른 눈동자가
굵어진다며 알 솎기 부탁을 받았다
매달린 송이들 중 두 송이만 남기란다
그리고 보랏빛 구슬들이 많이 굵거나
작은 것 떼어내라며 부탁, 부탁을 한다
그게 알 솎기의 법法, 어느 로스쿨이며 법대에서
배운 형법이며 민법, 수사법, 은유법인지
그 법에서 절대 벗어나면 안 된단다
고만고만한 것들 중 어느 것을 보내고
남겨야 하는지 어떤 것이든 솎아 내야 하는…
포도 앞에서 쪽가위를 들고 곁눈질을 한다
비정규직, 명퇴, 실직의 쪽가위가 생각이 났다
잘리기 싫어도 잘리고 나면 바닥이지만
바닥에서 다시 뿌리 내리고 꽃을 피우고
밤이슬 먹은 도토리가 바닥으로 떨어질 때
저 멀리 언덕에서 올라오는 발자국 소리 듣는
그들도 법, 법의 하루를 보내다 잠든 사람처럼
주머니 없는 수의를 입은 채 박스에서
박스로 달콤한 여정을 떠난다.

잊지 못할 사랑

고속버스를 타고
한강 하고 내려가면
창동 초안산 친환경 나눔 텃밭이
구름 옆에 보였다가
별들하고 숨었다.

고속버스를 타고
한강 하고 올라오면
상주 남산 산책하던 오솔길이
노을 옆에 보였다가
별들하고 숨었다.

벚꽃의 기도

밤, 낮, 새벽을 기도하는 사람들 보았지요
적당히, 적당히 기도했으면 오래 살았을까

십자가 앞에서 기도하던 문우도 천국으로 갔고
복전함 앞에서 기도하던 도반도 극락으로 갔지요

기도는 왜 사람을 웃음을 주다 아프게 할까요
기도는 왜 사람을 즐겁게 하다 힘들게 할까요

자비로운 마음으로 진심으로 했을 기도인데
기도하는 기도에게 좋은 일만 생기면 좋은데

기도하다 사라진 문우와 도반은 그곳에서도
고개 숙이고 기도하면 잘 있는지 묻고 싶어요

기도하다 사라진 나뭇잎이며 꽃잎들 많고 많지요
기도하다 사라진 책이며 옷, 신발들 많고 많지요

때론 자신마저 속이는 기도를 적당히, 적당히
복불복 기도에게 의지하는 밤, 낮, 새벽이 있지요.

물의 이동 경로

흙을 의지했던 참나무는 물이다
유압 작두가 둥글게 자르더니 켜켜이 쌓인다

지금까지 흔들리며 살았던 어느 계절
고통보다 더 어둡고 무서운 난로와 연통 속에서
애벌레들 위해 흘린 눈물은 목초액으로 떨어져 논과 밭으로

묵언하듯 서있던 물관은
찜질방 굴뚝 연기로 사라지고
사람들 웅성거리는 캠핑장으로 갔었지
표고버섯 포자를 심기 위해 전동 드라이버로
구멍 뚫어 새 생명을 자라도록 했었다
그리고 찬바람 녹여주는 벽난로 속
잉걸불은 사람들의 사랑을 받고
푸른 하늘 구름이 되었으리라

어느 가을 숲에서 만난
도토리 그윽한 향기를 품었던
뿌리와 열매들이 강물처럼 이동하는 동안
흔적 남기면서 흔적 없이 천상으로 가신

아버지처럼 물소리도 멀어진다

겨울이 되면 물은
사람들의 마을로 살며시 내려가
미나리밭 아낙네들 손등을 따뜻하게 하고
공사장 노동자들의 시린 손발을 덥히기도 했었다
하여, 삼겹살과 목살을 자글자글 구우면서
물은 불이 되어 고향으로 떠난다.

꿈夢

피할 수 없는 반짝이는 밤
온갖 물음표 뒷꿈치 따라 다녔지

목덜미와 정수리 머물다 슬쩍
사라졌다 꿈결로 오기도 했었지

찔레덩쿨처럼 엉킨 나만의 수수께끼 푸느라
불면증 시달렸지만 이제 숙면의 밤을 보낸다

은유로 찾아오는 꿈을 쉽게
풀어낸 책은 만나지 못했다

꿈이 현실이고 현실이 꿈인 것을
거부할 수 없는 예언자들의 꿈.

백화산, 구수천 트레킹

옥동서원 지나 백옥정 그곳에서
수 백 채 기와집 있었던 마을을 본다

구슬봉이, 미치광이, 처녀치마* 피고지는 그곳에 금돌성 흔적
이 있다 복음의 씨를 뿌린 베드로님은 내원에 잠들고 안개는 한
성봉 봉우리를 쉽게 보여주지 않았다 그 시절 쿵덕쿵덕 잘 보낸
대궐터는 언제 복원될까 거문고 튕기던 임천석대도 있다

산은 산을 지키며 살고
물은 물과 함께 흘러가는

저승골 들어 갈수록 영혼을 천도하듯 호로호로 마라호로 새들
이 염불을 하고 시리시리 소로소로 꽃바람이 노래를 한다 자라
자라 마라자라 물소리 깊어지는 구수천 물소리가 나를 사박사박
데리고 가는지 내가 구수천 물소리를 찰랑찰랑 데리고 가는지

시를 낭송하듯 들리는 소리 소리들
여덟 구비 구수천 시비詩碑앞에서.

* 꽃이름

풀벌레들의 공연

어제만 해도 조용했는데
옹알옹알 귀르르 차르르르
어디 숨었다 숲으로 왔을까

지휘자와 악보 없이
물론 연습하지 않아도
실수하지 않고 열창을 한다

재잘재잘 귀르르 또르 또르르르르
찌르 찌르르 빼르 빼르르 옹알옹알……,
새벽까지 들렸으나 고요해진 숲속무대.

홀로서기

하나뿐인 새끼를
숲속에 맡기고 돌아서는
붉은여우어미 심장은 X레이로 찍으면
연두색일까 단풍색일까

무쇠처럼 단단한 심장을 가진 어미와 헤어진 새끼는 형제자매
없이 지금 어느 숲속으로 가고 있을까 어디선가 들리는 발자국
소리 놀라 바위 속으로 숨으려고 치타처럼 달려갔을까

여우어미는 사랑스런 새끼와 평생 살 수 없다는
이별 철학을 어느 대학교와 어떤 종교에서 배웠을까

여우새끼처럼 탯줄 홀로서기 보내고 싶으나 보내지 못한 한
숨들숨 캥거루족 있으리라 아장아장 걷다 언제쯤 홀로서기 할
까 혼자 잘 살면 홀로서기일까 부모님 돌아가셔야 홀로서기일까

거대한 숲속 무서워
정든 어미 곁을 떠나기 싫어
자꾸 매달리는 새끼에게 어서 가
어서 가라고 어미는 앞발로 툭, 툭, 툭.

어느 무릉도원에서

월급 주는 대표도 없고
보너스와 연금 주는 회장님도 없다
어쩌다 꼭두새벽 근무해도 수당도 없다
가끔은 꿈꾸며 시를 쓰고 읽는다
밤참은 챙겨줘도 먹지 않는다

문득 밤하늘 보니 부끄럽다
배부르고 배고픈 영혼들 살리느라
천년만년 자원봉사하는 희망별이자 사랑별
진실한 그들을 누가 만들었을까?
볼 때마다 고개 숙여지는 것을

그대만 동전과 알력 좋아할까
나도 알력과 동전 좋아한다는 것을
도대체 믿고 살아갈 무릉도원 어디 있을까
배부른 돼지보다 배고픈 테스오라버니
선택은 누가 시켰나? 내가 했나?

누가 나를 징계를 하고
누가 나를 고발할 것이며

누가 나를 사표 쓰라고 할까?

누가 나를 퇴직하라 할까. 누가 나를

맹꽁이가 맹꽁이에게

툭 던진 모진 말 한마디
되새김질해서 숲속 버리지 못하고
무당 찾듯 나를 찾아와 올올이 풀어 놓는다
그녀의 상처 보듬는 나도 맹꽁이일까
외상장부 확인 못한 그녀의 실수

고드름처럼 차가운 말
부메랑처럼 돌다 오는 말
전염병처럼 퍼져 유행하는 말
묵은 김치처럼 맛있게 숙성된 말
탁구공처럼 왔다 갔다 하는 말
솜사탕처럼 부풀어 오르는 말
불경과 성경처럼 따뜻한 말

비만 오면 들판에서 우는 맹꽁이
노래처럼 자장가로 들으면 안 되겠니?
맹꽁이 말 사슴처럼 귀 쫑긋하고 들어봐
한 사람만 잘못한 일은 무엇일까?
그녀의 상처 보듬어 주는 날.

단발머리 소녀에게

그 흔한 꽃 한 송이
빵 하나 사드리지 못했지요
풀밭에서 공원에서 길섶에서
더위와 추위 잘 견디는 소녀들은
한恨을 품고 살다 고향 찾아 갔을까
봄에는 봄꽃들이 가을에는 가을꽃들이
바람과 햇살이 소녀를 위로하리라
꿈 많은 시절을 보낸 소녀들에게
웃음 한 사발 드릴 날 있을까요
빵 하나 꽃 한 송이 못 드려서
서글프게 미안한 날입니다.

호모 사피엔스의 잠

살포시 기억을 찾는 눈썹과 눈꺼풀은
깨어보니 어제는 버스와 기차의 빈자리
오늘은 깨어보니 거실과 안방 오고 갔었지

내일은 어쩌면 유람선이며 비행기 좌석
또 깨어보니 쓰레기 가득한 창고 닮은 방
깨어보니 허공 침대에서 잠을 잘 줄이야

문득 인연을 잘못 맺어 감옥 있을 줄이야
순간 실수로 무덤에서 잠꼬대 할 줄 몰랐지
허공 침대 찾아다니다 꿈나라로 가나보다

추억을 찾아다니는 눈꺼풀과 눈썹은
시냇가에서 금돌은돌 서로 주고받았고
잠자리와 나비 잡다가 술래잡기 했었지

소나무 아래 맥문동과 구절초 피었다 지고
그대와 나 잠에서 깨어보니 지금 여기에서
허공 침대 누웠다 앉았다 일어났다 다시.

책 정리하다가 문득

시가 나에게로 왔다가

그대에게 다시 나에게로 왔어요

눈사람 여관에서 태아의 잠은 꿈을 꾸지요

검정고무신 신고 꽃길, 눈길 동행했습니다

이별만 재구성일까요

만남이며 상상도 재구성이고

고전, 문학, 역사, 정치 모든 게 재구성…

도배일기와 열하일기, 대학일기와 난중일기

철학의 즐거움, 공자와 장자는 보르헤스 읽었을까

베르베르와 신들의 축제에 참가하고 싶지요

콩밭에서 하늘과 땅이 만든 시들 많지요

입 속에는 검은 잎만 있을까요

푸른 노란 분홍 빨간 잎들 우수수

경험으로부터 예술, 예술 가득한 우주입니다

나를 두고 나를 찾다 사상의 꽃들이 화들짝 웃지요

나만의 다락방에서 아름다운 마무리 읽고

물음과 대답을 되새김질했었던

오, 찬란하게 빛나는 밤 있지요

길은 발자국을 남기지 않는다

하지만 흔적 남기려 살아가는 발자국들

새와 꽃, 모든 풀과 나무들 허공에 자라고
유령이며 도깨비, 귀신들도 허공에 살지요
상자들 속에서 새해의 첫 기적을 듣고
마음의 여행을 떠나요 사는 일이란
날마다 그대 무사한가 묻고 싶지요
우연과 필연처럼 만났다 헤어진 사람처럼
박스에 미리 넣은 책들은 언제 다시 만날까
임인년 봄날 낯선 발자국 빠스각 빠스스각
하얀 산 위로 걸어가는 발자국을 리셋하다
율곡철학연구 속에서 무언가를 발견했다.

시詩의 길

좁히거나 더 넓힐 수 없는
회상나루 가는 길 아무리 급해도
절대 추월할 수 없는 시의 길

이 길 저 길 그 길 들으며
언제 이름 가질까 꿈꾸면서
차단기 눈치 보며 살았습니다

그 길 저 길 이 길로 다니신
낙동강문학관 관장님 명명하셨고
경천교에서 우회전하면 시의 길.

모든 접촉은 흔적을 남긴다

뒤꿈치 보일라, 꼬리뼈 보일라, 꼭꼭 숨어라
누군가 숨겨도 하늘 눈동자 인공위성이 잘 찾지요

거짓말 할 줄 모르는 빌딩지킴이 감시카메라에게
귓속말로 그날 그 흔적 지워 달라 하면 지워 줄까요

머무는 곳이 기도처인데 꼭 그곳에서 해야 기도일까
눈부신 햇살과 봄꽃들이 힘내, 힘내라며 응원을 합니다

공정하고 의리 있는 세계적 지역적 거대한 바이러스악마를
쇳물이 펄펄 끓는 지옥으로 보내는 거룩한 신神은 없었습니다

모든 접촉은 흔적을 남긴다* 했지만, 다시 찾지 못할
그 흔적 찾으려고 해우소 앉으니 철썩 파도소리 들렸습니다

그 전염병 걸리면 함께 기도했던 신도와 형제자매들이
대신 그곳에 들어가겠다고 전화와 문자를 보내 줄까요

해마다 했던 독감을 방역해 준 백신이 산 너머 강 건너
있는 줄 알았더니 손 씻기와 마스크라는 걸 알았습니다

>

시소놀이 즐기는 우울한 확진자 현황 그래프는 설마
괜찮겠지 하다가 음압병실에서 노루잠 자고 있으리라.

* 광역 과학 수사대 현관에 있는 글

2부

아기별자리

왼쪽으로 누웠다
오른쪽으로 누웠다
다리를 다리 위로 올렸다
가, 뒹굴어도 쉽게 잠들지 못한 맑은 눈동자
좀비라 하다 대장이라 부르다
공룡놀이와 딱지놀이 하다
할머니엄마라 했었지

아기는 초등학교 1학년
다시 만날 때까지 안녕?

어느 수레바퀴 번호는 24

뭉게구름 먹구름 듬뿍 실은 꽃마차는
무겁지도 않은지 봄바람까지 데리고 온다

느리지도 빠르지도 않은 15도 간격으로
도시와 시골, 강과 바다로 유랑하는 수레바퀴

그는 양처럼 순하다 괴물로 변신해 어느 마을을 쓰레기를 만
들었다

꽃마차는 슬픔과 기쁨을 싣고 마을마다 다녔다 새싹 돋는 논
밭으로 주렁주렁 매달린 과수원 밭으로 살림살이하는 창고와
집, 정든 짐승들까지 태풍열차 오더니 데리고 떠났다

그는 하늘천사로 지내다 가끔 겹겹의 가면 쓴 악마로 변하기
도 했었다

흥부를 부자로 만들어준 제비들은 단풍 구경은 하고 갔을까
철새들이 온다는 한로다 따뜻한 팥죽 한 그릇 먹고 산책하다보
면 마스크 벗겨줄 꽃마차 덜커덩거리며 꽃그늘 아래로 오리라

>

빈자리 살포시 앉았다 다시 그 자리로
군더더기 변명 없이 찾아가는 절기節氣

천지만물을 고루고루 실은 꽃마차
수레바퀴는 15도 간격으로 오고 있다.

라바 68622738

봄소식 전하는 버들강아지 꼬리
살랑 흔드는 하늬바람하고 갔습니다

처음 본 라바는 수영하다 풍덩 빠졌거나
엎어지고 비틀 넘어진 그림자 구했을 라바

또 안전하게 집까지 데려다 줬을 친절한 라바
어디쯤 있다고 절대 말하지 않을 귀한 라바

로또번호와 비밀번호를 닮은 숫자
기억해 달라 부탁하지 않을 라바

강 건너 금빛모래와 은빛물결하고 물장구치던
그곳에 캠핑카와 텐트들 라바와 바라보았습니다

중동면 갱다불길 100번지 앞으로
긴급전화 구급차 기다리는 멋진 라바

허공예언자

강 건너 저 산 너머
꿈의 도시 움막 속 새 한 마리
무엇을 먹고 잠자며 살고 있는지
낯선 그림자 다 알고 있듯 달그림자
스쳐가는 바람결에 시시콜콜 이야기를 듣는다
그 예언자는 나도 모르는 나를 알고 있다
옷매무새와 걸음걸이 슬쩍 흘러버린
말과 행동 무엇을 주고받는지
안 보는 듯 보고 있으니, 쉿!

문경새재 옛길에서

꿈꾸는 돌탑들 보듬어 주려고
폭포소리와 바람소리 아득하다

형이상학적 질문과 대답들이 모여 용마루 그 아래 주춧돌 하
나 둘 셋… 아름드리 소나무, 굴참나무, 벚꽃나무, 사랑나무 심
었으리라

큰 길은 문경 새재, 작은 길은 하늘재
그 고갯길에서 연지벼루와 사금파리 어음
주고받던 봇짐은 잔디밭에서 등걸잠 잤을까

굽이굽이 고갯길 자욱한 안개와 건달 바람들은 어깨동무하고
불렀던 구슬픈 문경새재 아리랑은 이제 흥겨운 아리랑 아라리오

짚신, 나막신, 고무신, 말발굽소리들은
황톳길, 단풍길, 하얀 고갯길 무섭고 외로워도
고비사막처럼 넘어야 했던 보릿고개 3관문*

새재주막에서 얼큰한 국밥에 막걸리 한 잔 마시던 그 선비와
보부상은 팔작지붕 찾아 맞배지붕 찾아 고향 갔으리라

\>

외로운 야생화 전설이 숨어 있는
옛길마다 계곡마다 뭇별들 가득하다.

* 주흘관, 조곡관, 조령관

주말부부

삼대가 덕을 쌓으면
주말부부 한다 들었지요

할머니하고 외할머니 어떻게 왔어요
바람기차 타고 햇살버스 타고 왔단다

덕德을 쌓고 나누려 왔단다
복福을 쌓고 나누려 왔단다.

포옹하다

시 백 편은 썼지만
시 열 편 암기 못해 그런지
가끔 흑주술이 정수리 앉아 강강술래
몇 번이나 만나려 했으나 봉정암에서 만난
비바람이 대청을 못 만나게 했었다
다시 백 년 전 약속 지키려고
새벽안개와 함께 떠났다
꿈에서라도 만나고 싶었던
그 신神 만날 줄 하늘과 땅도 몰랐으리라
대청하고 포옹하니 흑주술이 잽싸게 도망을 간다
굽이굽이 한계령 상큼 올라갔다가
봉정암 계곡 바위하고 내려왔다
정수리에서 강강술래하는
흑주술* 저 멀리 보내는 일은
누구나 힘들고 외롭고 즐겁기도 하리라
다시 그 신神 만나 뜨거운 포옹할 날 또 올까
어딘가 있을 보석 닮은 선善주술 찾아
미소 지으며 살기로 청봉하고
귓속말로 약속을 했다.

* 나쁜 마음이나 생각

낙동강 경천섬에서

건너편 비봉산 산마루 청룡사에서
풍경소리와 목탁소리 아련히 들린다

홍수가 온다 해도 편안한 강
가뭄이 온다 해도 평온한 섬

역사를 잘 보존하고 있는 잔잔한 강
하늘에서 보면 단풍잎처럼 보이는 섬

배꼽처럼 중심의 회상나루터 있는 강
기와집을 만들고 책을 만들었던 섬

그림을 그리느라 출렁거렸을 강
사진을 찍느라고 흔들거렸을 섬

강물이 만든 경천대, 도남서원, 상주보
자전거박물관, 낙동강생물박물관, 상주박물관
학 전망대, 회상나루터, 낙강교, 낙동강문학관…

해와 달

1억 5천만 킬로미터를
쉼 없이 걸어가고 한 시간에
10억 킬로미터를 쉼 없이 걸어가는
그들은 우리들에게 진정한 자원봉사
뭔가 주고 싶은 데 너무 높아서
멍하니 바라보다 웃는다.

내성천 다리와 다리

분홍하늘 나비구름 바라보다 모래 위로
풍덩 까르르, 풍덩 까르르 모래들이 웃지요

모래무지와 송사리들 바라보다 물결 위로
풍덩 까르르, 풍덩 까르르 물결들이 웃지요

외나무다리와 곁다리가 내성천 3백리 보듬지요
아침에 다리 넷, 점심에 둘, 저녁에 셋은 누굴까?

버들피리와 참붕어 바라보다 모래 위로
풍덩 까르르, 풍덩 까르르 모래들이 웃지요

푸른 하늘 비행구름 쳐다보다 물결 위로
풍덩 까르르, 풍덩 까르르 물결들이 웃지요.

짝사랑 하는 그녀

 그녀를 보는 그는 허공으로 땅으로 영역 넓히는 멋있는 뿌리
입니다 눈 내린 만큼 그 무게 버리고 비 오면 비를 맞으며 서 있
지요 그녀가 무엇을 하는지 CC카메라처럼 감시하는 그는 바람
불면 바라춤 추듯 순응합니다 천둥번개와 새들 소리 짜증 내지
않는 그를 날마다 바라봅니다 그는 언제 그곳을 떠나고 그녀는
언제 이곳을 떠날까 사랑한다 고백하고 싶은데 노래로 해야 하
나 무슨 선물로 해야 하나 사랑할 사람 많은데 저 언덕에 서 있는
히말라야시다

 그가 나를 감시하는 줄 알았으나
 그와의 사랑에 빠져 있을 줄이야.

봄은 가고 가을이 왔다

순풍에 닻을 올리고
순항하는 배는 몇 척일까

어두운 터널 헤엄치듯 나왔고
어디든 달려가고 싶은 신작로

그 목적지 알기에 회향回向
하려면 살얼음 걸음으로 쉿!

저 우주적 도둑을 잡다

그는 어디에서 왔을까

바라지창으로 생쥐처럼 들어와
사그작사그작 뭔가 갉아 먹으며 간다

봄여름가을겨울 맞이하고 보내는 전령사를 미워하다 사랑하
다 벌주다 용서하다 다시 사박사박 걸어갔지

정보과 형사도 잡지 못하는 저 위대하고 자상한 우주적 도둑
을 내가 한때 올가미로 순간 잡았다 놓쳤지

때론, 망각의 수면제이자 비타민, 나무와 꽃도 그 물소리에 피
고지고 변화무쌍한 구름과 바람들 바다 건너게 했지

버스와 기차, 비행기와 배를 기다리게 하면서 넘어지게 했지
저마다 꿈을 가방마다 채우더니 비우게 했지

누군가 잡으려 해도 잡히지 않은 그는 뭔가 서로 나누어 보관
하다 결국 그 자리 놓고 아늑한 집으로

>
푸른 낮달과 초승달 깨우는 알람소리
쉼 없이 셈을 세며 걸어가는

그는 어디에서 왔을까.

빈자리

화단에 뽕나무와 은행나무
그늘들이 어느 날 사라졌다

측백나무 가지치기는 엉성하다
화단에 꽃을 뽑아가니 '뽑지 마세요'

나의 꽃밭이자 텃밭에 비타민 고추모종
열 포기 뽑아 갔고 배추와 무 뽑아갔지

꽃 도둑 관상은 어떻게 생겼고
어떤 옷을 입고 웃고 있을까.

도산서원에서 만난 꽃

따뜻한 늦가을 초연한 정원에서
수줍게 머물고 있는 그대를 만났지요

물길 산길 돌아 강 건너 오신 손님들
미소로 맞이하고 보냈을 자주색 꽃송이

그 꽃마저 퇴계 선생님의 초연함을
닮은 것 같아 사진을 찍어 저장했습니다

그날 초연한 정원에서 만난 그대는
내 영혼을 보듬어 줄 행운의 모란꽃

그 꽃만 아니라 훈장님 닮아 초연해 보이는
아름드리 향나무와 왕버들과 몽천 있고 많지요

비록 피었다 떨어지는 모란꽃이지만
톡톡 프로필에 오래오래 가득할 향기.

창동역

1층에서 2층까지 계단으로 갔으나
가방을 든 굽은 허리와 관절들 위해
오래 전 엘리베이터가 생겼습니다

2번 출구에서 1번 출구 계단으로 갔으나
얼마 전 에스컬레이터 개통식을 했습니다

그리고 창동역 아래 지나다 본 런닝 입은 김수영 시인 액자는
어느 날 사라지고 함석헌기념관, 둘리뮤지엄, 김수영문학관, 원
당샘 공원, 방학동 은행나무, 연산군 묘, 정의공주 묘, 간송 옛
집 액자들이 걸렸습니다

1호선, 4호선 달리는 창동역을 지키던
붉은 구조물은 침묵의 세월을 보상받듯
아레나X스퀘어 건물은 밤낮 불 밝히리라

흔적 남기고 사라진 역이 있다면
날마다 리모델링하는 역도 있지요.

새벽 4시 50분

곤히 잠자는 시계는 뻐꾹
그 소리 찾아가 날개와 깃털을
뽑아 민들레 씨앗처럼 보내고 싶지만
내가 누군가 학원비 없어 학원 못 보내는
전두엽 세뇌교육 시키는 뻑 국, 뻑 국
새참을 먹나 잠시 고요하다

처녀 혼령 빙의가 되었나?
고양이 발정 소리 듣기 싫으나
내가 누군가 눈치 없이 갸르릉 꼬리와
노란 수염 잡아당기고 싶지만 살겠다는 야옹
그 야옹 외출했나 조용하다

내가 너 어미다. 뻑 꾹, 뻑 꾹
밤낮 교육시키는 남산은 새들의 학교
듣기 싫어도 들어야 하는 시인의 귀청이고
보기 싫어도 바라봐야 하는 시인의 눈동자
새벽마다 스트레칭하는 새들의 부리
황금 주고 살 수 없는 소리들.

3부

인연

그곳에서 만났던 새와 꽃들은
어디서 무엇을 하고 있을까?

나이테무늬가구 완판

말없이 보듬어주던 눈사람들은
사업을 하다 실패해서 고향 갔을까요
시험 떨어졌거나 합격해서 사무실로 갔을까요

미세먼지와 밤이슬 맞으며 어딘가
데리고 갈 트럭 기다리는 그는 하늘 보며
살아온 눈사람을 그리워한들 오겠어요

밤, 낮 사용하던 침대와 밥상, 책상과 의자 이것저것 그들이
버리고 떠난 눈사람은 누굴 탓하며 누구랑 사랑하고 있을까요
탁자 하나 들고 와 새것처럼 만들고 또 거울 하나 들고 왔지요

불빛 화려한 회백색 도시에서 버린 가구 만난 것도 인연, 낭떠
러지로 떨어지는 것도 인연, 높은 바위에서 나비구름 만나는 것
도 인연, 만나고 헤어지는 인연처럼 서로 잘 만나야 한가위 보름
달처럼

TV와 신문 광고하지 않아도
며칠 지나면 완판되는 골목길 가구점은
빗살무늬, 옹이무늬, 나이테무늬가구들의 전시장

\>

숲속에서 새와 동물들의 놀이터로
빌려주다 빌딩 숲 새와 동물들 위해
희생하니 결국 창문 넘어 나왔습니다.

동행

높은 하늘 뜬구름들이며
출렁거리는 강물들도 내 핏줄
차갑거나 덥거나 바람도 내 핏줄
눈앞에 아른거리는 먼지도 내 핏줄
나무와 꽃잎에 맺힌 이슬도 내 핏줄
부모, 형제, 자매, 친척만 내 핏줄일까?
내일 만날 사람과 이웃들도 내 핏줄
그 핏줄들 덕분에 살고 있음을
오래 동행할 핏줄은 누굴까?

2424에 실은 민속품

창고에서 창고로 잡동사니 운반하는
은하철도 사다리차 올라가고 내려간다

조금만 빨리 왔으면 부동산 투기했을까
융자 받아 전세 놓고 불꽃놀이 했으면 금가루 우수수
그 금가루로 여기저기 후원을 팍팍했을까

그곳은 어두운 우물가 이곳은 별천지
지금부터 사 놓으면 5년 10년 20년 뻥튀기처럼
내린다는 것은 착한 거짓말 오르고 또 올랐다

몇 채 사놓고 월세 받아 노후 대책하는
그 집하고 저 집은 요지경, 요지경 세상
민속촌 떠날 때 문서 몇 장 가지고 갈까

놀이터에서 만난 젊은 아낙네들은
집값 내려가길 기다릴수록 날아가는 낙엽
녹슨 계단과 창문 분양 받은 사람들도 많다

무덤 찾아 올라갔다 내려갔다 하는 비밀번호

그래도 쓸모없는 물건들은 민속촌 경매장에서
누군가의 지갑을 슬쩍 훔쳐보고 있으리라

비 오나 눈 오나 바람이 부나 날마다
창고에서 창고로 은하철도 사다리차 올라갔다
내려갔다 신비스러운 부동산 아파트마을에서.

그날의 그림일기

그대는 누구를 용서했기에
나비 닮은 분홍 바람이 되었을까

그대는 누구를 미워했기에
꽃잎 닮은 파란 노을이 되었을까

별자리 기다리다 붉은 몸살이 나면 그대는 어떤 문장 남기려
상상하고 있을까 그대와 나 뭔가 찾으려고 푸른 하늘 바라보면
서 무슨 생각을 했을까 혼자이면서 함께 그린 그날의 그림일기
는 동쪽하늘이 서쪽하늘을 순간 풍경화를 그렸을까

그대는 자신을 참사랑했다면
단풍 닮은 감빛사랑이 되었을까

그대는 누구를 사랑했기에
평온하게 꿈꾸며 살고 있을까.

느티나무터널

그늘 아래로 유모차를 끌고 다녔고
언제 어느 날 그늘 사라진 길에서

고래와 상어, 해바라기, 농부 보며 다녔고
겨울잠 자는 곰과 뱀, 개구리 보며 다녔지

당고개와 오이도 오가는 지하철을 보며
사무실 도착했을 아빠와 엄마에게 안녕?

넉넉한 그늘 아래서 먹이를 찾아 먹던
귀여운 참새와 비둘기들 어디로 갔을까

천년 꿈꾸던 그늘은 노점상 위해 희생했고
어린이집 다니든 벽화 있는 골목길 좁아졌지

생겼으면 사라지고 다시 생기는 길인데
시원한 느티나무 그늘은 창동역 옆으로.

약詩

이런 시는 어디 있을까

엔돌핀으로 세포 살리는 시
도파민으로 등골 펴게 하는 시
세라토닌처럼 젊게 해주는 시

삶은 감자처럼 달콤한 시
아이스크림처럼 부드러운 시
민들레 뿌리처럼 쌉쌀한 시

이런 시는 어디 있을까.

종점에 내리는 깃털들

트럭에 실려 가면서
말똥거리는 두 눈동자로
초록 잎사귀에 핀 진달래를 보며
겁도 없이 해부학 교실로 들어간다
걷고 싶은 다리와 날고 싶은 깃털들
똥집을 담아 배달하는 오토바이
콧바람 불면서 달린다

날개는 속담을 만들고
빈 상자와 빈 깡통은 추억을 만든다
어제는 배고파 먹었으나 오늘은 배부르고
꽁지의 목소리는 우주 평화의 새벽 종소리
뜨거운 물에 다이빙하듯 두 다리 들고
통째로 그리고 토막토막으로
서민갑부 만들기도 했지

행복공원마다 집집마다
그리고 깃털은 각종 행사장에서
고통스런 죽음을 축하의 박수로 보냈지
우리는 백 년을 살겠다고 맛있어 맛있다

바퀴마다 매달린 깃털을 해부학 교실에
천천히 내려놓고 나오는 트럭은
콧노래 불면서 달린다.

미안한 詩

육아 도우미 구하지 못하고
어린이집 맡기는 아기 엄마에게
밤낮 손님 뜸한 재래시장 상인들에게
수많은 청년 실업자와 취업 준비생에게
바쁘게 오고가는 출근, 퇴근하는 직장인에게
배고픈 아기와 노인들에게 무슨 도움이 될까
복福 많은 사람들이 읽고 책장에 넣었으리라
그곳에서 칼잠과 꿀잠자다 벌떡 일어나
하품하다 어깨를 펴고 웃고 있을까
위대하고 거룩한 시와 나의 시는
수십만 취업 준비생 취직 못 시켜주고
감옥 들어간 囚人들 석방 못 해주는 것을
암으로 아픈 환자들 치유도 못 해주고
우울증 환자 죽음마저 막지 못했지
치매 걸린 노인들 치유할 수 없고
못하는 게 많고 많아도 읽고 즐거운 시
못하는 것 많아도 계속 나오는 시詩들이다
꽃을 보듯 너를 본다* 수십만 팔렸다는 뉴스
어느 시인의 시집이든 많이 팔렸으면 좋겠다.

* 나태주시인 시집

무채색 수채화를 그리는 강

그러니까, 상주보에서 경천교까지
빗살무늬 얼음들은 고급한지처럼 펼쳐졌으나
낙강교에서 비봉산 언저리까지 블랙홀 같은 강물
이승과 저승처럼 보이는 푸른 뜬구름들 보았지

그러니까, 낙강교 주변에서 냉이뿌리 캐는
봄의 전령사는 호미걸음으로 사뿐 왔으리라
왜, 여기만 안 녹았지 종달새들의 재잘거림, 그
수수께끼는 숙면의 밤을 불면의 밤을 만들었지

그러니까, 지금 곰곰 상상해보니 저 멀리
산봉우리 머물던 해넘이가 낙강교를 사랑해서
감빛노을과 블랙홀 만들고 빗살무늬얼음 만들었지
썰매타고 눈싸움했었던 친구들 보고 싶은 날이다

그러니까, 살기 위해 다리와 다리를 건너듯
살아가려면 지하철 환승역 갈아타듯 피할 수 없는
인고의 세월 역에서 지름길 찾지 못하고 부딪히면서
변덕스런 계절을 거부하지 않고 그곳까지 온 강물들

＞

그러니까, 빗살무늬얼음 아래로 흐르는 강물들은
밤에는 별들하고 낮에는 구름하고 황지에서 남해로
김삿갓처럼 유랑하려고 상주보와 낙강교까지 흘러와
잠시 휴식하는 고급한지 닮은 빗살무늬얼음들의 향연.

소문대로

파란 깃발이 꽂혀있고
빨간 깃발이 꽂혀 있다

쥐똥나무, 고욤나무, 두릅나무, 감나무 서있고
텃밭에 참깨와 호박꽃 피고지는 곳에 난다. 난다.

난다. 소문대로 길이 난다 곶감건조장 시멘트바닥을 포크레
인이 부수고 그것을 싣고 달리는 트럭을 본다 고물상회 바닥에
잡동사니 돌들과 흙더미는 왕릉처럼 높다 때늦은 수박이며 참외
꽃들이 웃고 있다 흙을 넣고 자갈이랑 시멘트를 넣는다 이쪽저
쪽 선을 긋고 나무와 꽃을 심고 팻말을 세우리라

머지않아 장미꽃 신호등 세우고
파란 잎사귀 길로 건너가리라

노란 깃발이 펄럭이고
분홍 깃발이 펄럭인다.

변덕스러운 병病

허리와 어깨, 마음 아픈 날들 있었지만
오늘은 한 군데도 안 아프고 보냈습니다

우울하고 잠 못 이루는 사람들이 많은 세상
오늘처럼 잘 자고 일어나면 얼마나 좋을까요

도시에서 생긴 몸살로 바닥까지 뚝 떨어진 면역력
콧등으로 올라왔고 내일 노바백스 접종할 수 있을까

누구나 파란 환자복 입고 싶은 사람들 있을까요
몸과 마음 아프다 안 아프고 안 아프다 아플 때 있지요

송화가루와 밤꽃 향기 앉았던 빈자리 감꽃들 우수수
먼 산 아지랑이처럼 아른거리는 그대와 나의 자화상

지구촌 돌아다니는 무서운 전쟁과 도깨비산불
천재지변天災地變이 온갖 노이로제를 만들지요

다치고 큰 병은 병원에서 수술과 약이 치료하지만
자잘한 병은 식습관과 수면, 운동으로 치유할 수 있지요.

지지知之들의 길

21세기 눈부신 햇살과 바람들이
검색 1위를 하는 인공지능이 있다

타고난 기질대로 살아가는
그분의 말씀 영靈이라고 했다

생이지지와 학이지지 배우지 않아도
잘 먹고 잘 살았던 지지들도 있었지

길을 지나다 지지, 지지들 만나고 했었지
그 지지들의 응원으로 살아가는 그대와 나

배우나 안 배우나 뭔가 있으나 없으나
지지들은 흔적 남기면서 흔적이 없지

신령스러운 64괘 384로 왔다가
지지들의 응원으로 살다가는 길

거짓 없는 진실

레고 상자 속에서 레고 놀이 하다
또 다른 상자 속에서 소꿉놀이 한다

공룡보고 일어나 공룡보고 잠드는 공룡 새끼들은 핑크퐁, 번
개맨, 헬로카봇, 터닝 메카드를 보다 도깨비방망이 나오는 동화
와 고래상어도 본다

온달장군하고 평강공주 사랑을 듣다가 잠든다
공룡들은 역사적 진실을 배우면서 꿈을 꾼다

나비야, 나비야, 어느 날 고려청자가 태어났다
사랑을 받던 빗살무늬토기는 고려청자를 시샘을 했다

놀이터 그네 앉아 외할머니 좋아, 할머니 좋아 집에 오면 비밀
번호 삐삐소리 나면 100미터 달리기 선수처럼 현관으로 달려간다

빗살무늬와 고려청자 영원히 빛나듯
어느 항아리든 모두 소중한 그릇이지.

소우주의 핵

먹빛 은빛 동아줄에 매달린
물방울들은 향기와 색깔도 없는
허공에서 출렁출렁 반짝반짝

그가 나를 데리고 다니는지
내가 그를 데리고 다니는지.

밀양 아리랑의 전설

오래전부터 들었고 불렀던
날 좀 보소 날 좀 보소 밀양아리랑은
아랑의 정절을 사모하여 아랑아랑 부르다 아리랑 되었단다
밀양 아리랑은 우리나라 대표적인 민요이며
언제 어디서 불러도 즐거운 민요다

날 좀 보소 날 좀 보소 날 좀 보소
어깨춤이 저절로 나고 엉덩이도 춤을 춘다
봄꽃 보듯 웃으면서 꿈꾸며 살자는 밀랑아리랑은
아랑이란 한 여인의 부덕婦德과 정순貞純은
영남루 아래 흐르는 맑은 강물하고
아리 아리 아리랑 아라리오

지고지순한 정순정신 본받게 하기 위해서
밀양아랑제는 영남루 마당에 무대를 만들었고
다도 행사와 한복패션쇼 그리고 국악행사 신났으리라
선비들의 한시를 번역한 아름다운 시화도
영남루 아래 흐르는 푸른 강물하고
쓰리 쓰리 쓰리랑 아라리오

>

억울해서 저승 가지 못한 꽃다운 아랑은
세 번째 밀양부사 꿈에 나타나 자신의 한恨을 풀어달라며
그 마을 사람들 다 모이면 나비로 변하여 범인 정수리, 훗날
범인을 잡고 영남루 옆 대숲에서 아랑시신 찾았단다
영남루 아래 굽이굽이 흐르는 밀양강물하고
아리 아리 아리랑 고개로 날 넘겨주소

날 좀 보소 날 좀 보소 날 좀 보소
동지섣달 꽃 본 듯이 날 좀 보소
어디로 보나 슬픈 전설 밀양아리랑은 흥 없는 어깨 흥 있게 한다
날 좀 보소 날 좀 보소 날 좀 보소
행주 치마 입에 물고 입만 방긋.

천금채

잊고 지냈던 첫사랑을 만나듯
나는 너를 초안산 텃밭에서 만났지
달팽이와 지렁이, 굼벵이와 자란 너에게
이팝나무와 배꽃들이 눈송이처럼 떨어졌지
하늘이 준 또 다른 이름 천금채 너는
락투세린과 락투신 있어 스트레스 좋다 했지
날마다 웃는 행복에게 효도 받으면서
너를 사랑하느라 그 산을 올라갔지
초안산 소나무향기 먹고 자란 너는
우울하거나 불면증에 좋다고 들었지
소소한 염증과 독소 해독해준다 했지
텃밭에서 만난 너를 오래 잊지 못할 거야.

4부

복福

고향 초승달 바라보는
나에게 모자 벗어보란다
좌우 턱을 보더니 말년 복 있단다
초년 복 없던 나에게 말년 복이라도
글쎄, 관상 봐준 낯선 그녀는 누굴까
복은 어디서 왔다 어디로 가는지
다시 만날 수 없는 그녀의
말을 진실로 믿고 싶다.

무기를 품고 사는 곤충들

작은 곤충들도 자신을 지키려고
한 가지 무기 있는 데 수백 배 큰
사람들은 독침과 액체도 없고 말만 있을 뿐
곤충도 안 걸리는 붉은 바이러스감옥에
옹기종기 살아가는 사람들을 본다

자신이 살려고 독침으로 위협하는 벌
자신이 살려고 시끄러운 소리로 위협하는 나방
자신이 살려고 끈끈한 액체로 발사하는 병정흰개미
자신이 살려고 뜨거운 액체로 발사하는 폭탄 먼지벌레
자신이 살려고 거미줄을 뽑는 거미도 있듯이
자신이 살다가 언젠가 누군가 먹이 된다는
고매한 무기는 어떻게 만들었을까

사람들도 곤충처럼 자신을 지키는
무기 하나 챙겨다니며 사는 날이 올까
코로나19 확진자 가까이 오면 멈춰! 앱 나올까?
산불나면 빨리 도망가라며 신고해주고
소리 지르는 인공지능은 언제 나올까.

직사각형 속에 달

잣나무와 소나무 위 머물고 있다
종알거리는 새들의 노래 듣고 있다

쉼표와 마침표 없는 길 걷다 힘들었을까
시간이 지날수록 희미하게 만들더니 사라졌지

전깃줄 위아래로 슬쩍 지나갔고
삶의 지붕들 보며 산봉우리로 왔지

가득 채우더니 아낌없이 나누더니
비우는 그대는 하현달에서 그믐밤으로

빛과 그림자 만들며 강과 산을 두둥실
넘어와 유리창 머물다 서쪽으로 두둥실.

4차원 세계를 가다

미래는 651개 사라지는
직업만큼 신종직업 생긴단다

   지문만 대면 혈압, 당뇨, 콜레스테롤 수치 말하는 로봇 나오리라 누워 있으면 코골이와 신경통, 불면증 건강관리 해주는 침대도 나오리라 자동차 사고 났을 때 지문 하나로 해결하리라

   소형로봇 앱 만들어 무서운 그림자 가까이 오면 거리 조정해 줄까 데이트도 마음 놓고 못하는 세상 누가 잘못인지 실시간 일어나는 사건사고는 누구의 책임일까

   우울한 사람들 위로하러 로봇비서 뚜벅뚜벅 오리라 혼자 무서워 밤잠 뒤척이는 그대에게 자장가 불러주는 로봇 오리라 풀 뽑는 레듀스 로봇 있듯 한 번 접종하면 코로나19 안 걸리는 백신도 나오리라

   시인, 화가, 소설가, 작가와 예술가는
맨 마지막 사라진다니 오, 축복이여!

애지랑나절

육남매 보듬는 들판을 지나
의성군 사곡면 화전리 마을을
애지랑나절* 저수지로 올라갔다

거센 비바람 견디며 후손들 위해 살았구나
모진 눈보라 버티고 마을을 위해 살았구나
춥고 더워도 오늘을 위해 참으며 살았구나

염화미소로 오고가는 손님들을
맞이하고 보내는 산수유와 열매들은
시인이자 화가, 작가이자 철학자들이다.

* 의성방언, 저녁나절

공들이 놀았던 공터에서

땀 흘리며 서로 주고받았던
공놀이하던 공들은 어디로 갔을까
퇴근하고 불 밝히고 주고받던 공, 공

주말마다 주고받던 사랑스런 공, 공
별밤 산책하고 낮잠 자는 고라니 있는
공터에서 아낙네가 참깨를 자르고 있다

보일 듯 말듯 작은 팻말은 호박잎사귀와
깻잎이 숨기고 어제는 남의 땅 오늘은 내 땅
풀 뽑고 풀 심고 풀 먹고 사는 풀들이지

고운 흙들이 얼른 잡풀을 뽑고
씨를 뿌리라며 종아리에게 속삭였다
정답게 공주고 받던 공들은 어디로 갔을까

구석에 숨었다 한숨들숨 쉬며 나온 공, 공
공처럼 굴러다니다 어느 멋진 공터에서
꽃과 나비와 풀잎으로 부활했을까.

해등로와 노해로

낮에는 자동차들이 깜빡이는 길
밤에는 가로등들이 깜빡이는 길

삼각산 봉우리가 나를 바라보던 길
수락산 봉우리도 나를 바라보던 길

업그레이드 하는 수저

비록 황토 흙수저로
태어났지만 금수저 부럽지 않다
다이아수저로 아침을 먹고 거울을 본다
허공 금고 수많은 은빛방울들이
지구를 빛나게 하지만 나를
빛나게 하는 해와 달마저 나의 재산이고
원자와 분자, 초미립자마저 나의 재산이다
높고 낮은 건물 매매와 세놓습니다
논밭이며 주렁주렁 열매과수원 없어도
날마다 재산관리로 즐거운 하루, 하루
흙수저도 어느 날 금수저 되고
금수저도 어느 날 흙수저 되리라
열 길 물속은 알아도 한 길 사람 속 모른다는 속담처럼
서로서로 잘 모르고 살아가는 스텐수저들의 길
하루살이처럼 일회용수저도 있지
흙수저로 태어났지만 살다보니
금수저 부럽지 않는 다이아수저로
적당히 먹고 자고 걷는다.

실타래를 풀다

누구를 만나려고 더듬이로
돌돌 곁가지 지그재그로 엉겼을까
먼 허공 길 찾아가는 줄과 줄을 싹~뚝
고단한 하루는 과녁 향한 화살처럼 지나갔다

쪽가위를 가진 나의 권력으로
교통 정리하듯 더듬이들 길을 인도했다
방황 끝낸 더듬이와 포도 끝순 군더더기
하나 둘 셋… 떼어내니 초연한 숲

산바람과 들바람 목덜미로 휘~리릭
알알이 포도송이 잎사귀마다 천연당분
더듬이처럼 오래 머물지 못한 빈자리들
이제 하늘과 땅 정성만 오롯이 남았다.

아마에서 프로를 꿈꾸다

1.4kg 뇌로 9품사
훔치며 살 줄 몰랐다

우주만물 생성하고 사라지는
자연과 어제와 오늘 태어난 생명과
죽음들이며 더럽고도 깨끗하고 아름다운
잡동사니 고물들이며 사랑과 전쟁
가난과 질병, 바이러스마저 詩

금은보석을 가방 가득 넣고
천리 길로 줄행랑했었던 도둑들의
오줌은 이미 강물되어 흘러갔으리라

가장 큰 도둑들은 좁고도 넓은 방에서 꿈꾸는 물방울들
가장 작은 도둑들도 넓고도 좁은 방에서 잠자는 물방울들

늘 무엇이 궁핍한 者들이 시인이고
그래서 늘 도둑질 하는 자들이 시인이고*

넓고 좁은 지구촌 훔칠 게 많아 즐겁고
높고 낮은 지구촌 훔칠 게 많아 행복하다.

* 오규원의 시

행운의 상차림

우물 있는 마당 넓은 집
대청마루 앉아 사진을 찍고
하늘하고 바람, 별을 쓴 시인을 만났습니다
연변 새벽시장에서 구입한 과일과
북어를 접시 담고 묵념을 했습니다
정성 가득 담긴 상차림 받은
학사모 쓴 청년은 누굴까?

집 시詩

네모집, 둥근집, 너와집, 움막집, 초가집
장독집, 투막집, 낮은집, 높은집, 그늘집, 햇볕집
황토집, 귀틀집, 유리집, 대궐집, 귀신집, 허공집
성황당집, 전셋집, 사글세집, 골목집…

물 위에 지은 집, 통나무 집, 공처럼 생긴 집
벌집처럼 생긴 집, 트럭 위에 집, 버스 닮은 집
전복껍데기로 지은 집, 태양열 집, 정자 같은 집
야생화와 분재가 있는 집, 대나무 서 있는 집

소와 돼지가 사는 집, 개와 닭들이 사는 집
컨테이너 집, 바위가 방에 있는 집, 책이 있는 집
십자가와 만행이 있는 집, 예술 작품이 있는 집
돌로 만든 집, 판자로 만든 집, 시계와 금이 있는 집

다리 아래 길거리와 공원에서 노숙하는 노숙집
동굴을 집처럼 만든 집, 유람선처럼 지은 집
물방울들의 집, 무너지는 흙집, 사라지는 바람집
모래와 시멘트로 만든 집, 비석이며 잔디 있는 집

그 집에서 꿈꾸다 사라지는 연기들의 집
그 집에서 천 년 만 년 잠자는 손님들의 집
그 집에서 그 집으로 그 집에서 그 집으로

바늘의 여로

나는 하나의 바늘이다
쉼없이 바느질하며 돌아간다

이정표 없이 지나는
외로운 사막의 길에서
잃어버린 말들도 있지

이마와 등마루 땀 흘리며
박음질하는 바늘의 운명이다
내 안에 숨겨진 화두는

나의 사막은
컴퓨터 안에서
눈을 뜬다.

고향에서 고향으로

- 손녀가 귀엽네요
- 몇 달 후, 입양 갈 햇살입니다

 짧게는 몇 달 길게는 1년 돌보다 열한 번 째 햇살이라 했다 훌륭하십니다 하니까 오히려 햇살로 인해 얻는 게 많단다 햇살에게 천연비타민 먹이려 산책 나온 놀이터엔 소슬바람이 매미날개를 나풀하게 한다 개미들은 밤낮 먹이 찾아 간다

 햇살아, 너의 엄마와 아빠는 지금 밥 주고 잠재워 주는 그분, 어디로 가든 행운이 너의 곁에 머물기를 빈다 연예인 신애라와 이아현도 입양해서 잘 키우는 것 보았지 아기 때 입양 가서 잘 자란 성숙한 비앙카는 엄마, 어머니를 한 번 부르고 싶어 한국을 여덟 번째 방문했단다

 멀고도 가까운 섬에서 태어나 살아가는 거부할 수 없는 인연 많으리라 어쩌면 낯선 그곳이 너의 고향이고 놀이터는 섬 어딘가 있으리라 원두막에서 기저귀 갈아 주는 할아버지이자 아버지를 축복하느라 울창한 측백나무 그늘과 살구나무 그늘이 반짝반짝 박수를 보낸다.

물방울들의 우정

능금꽃 피었다 떨어지고
복사꽃 피었다 떨어지는
과수원 길 머물던 꽃비는

소백산, 백화산, 조령산 올라갔다 다시 옥녀봉, 천주봉, 성주
봉에서 솔바람 만나 소꿉놀이 한다 꽃비는 우연히 단비를 만나
회룡포 전망대에서 금모래와 사랑모래 가득한 내성천 바람소리
듣더니 다시 영강 벚꽃나무 아래서 꽃비는 단비에게 낙동강 경
천대로 은하수 보러 가자며 귓속말 한다 꽃비와 단비는 비단물
결 출렁이는 낙동강 흘러가다 다시

참깨꽃 피었다 떨어지고
들깨꽃 피었다 떨어지는
밭고랑마다 앉아 도란도란.

봉정암 가는 길

이 깔딱 고개에서
나는 돌아갈 수 없다.

자장가

내 사랑 햇살, 햇살 어디서나 언제나 고마워
내 사랑 바람, 바람 어디서나 언제나 행복해
내 사랑 이슬, 이슬 어디서나 언제나 사랑해

숲속에서 장난치며 놀았던 다람쥐들도 잠을 자네
숲속에서 술래잡기 했었던 비둘기들도 잠을 자네

우리 사랑 잠들면 낮달이랑 햇살도 꽃잠 자리라
우리 사랑 잠들면 별님이랑 달님도 단잠 자리라

사랑아 진달래와 개나리 피는 그 언덕에서 만나자
사랑아 단풍 잎사귀 굴러가는 숲속에서 또 만나자

내 사랑 햇살, 햇살 어디서나 언제나 고마워
내 사랑 바람, 바람 어디서나 언제나 행복해
내 사랑 이슬, 이슬 어디서나 언제나 사랑해

* 햇살, 바람, 이슬, 어린애 이름을 넣어 부르거나 낭독해 주세요

사유의 확대와 직설적 시법詩法

박찬선 시인·낙동강문학관 관장

사유의 확대와 직설적 시법詩法

박 찬 선

1.

다솜의 시는 전통적인 발상과 표현기법 그리고 언어 선택에서 벗어나 있다. 비시적非詩的인 일상적 언어를 사용함으로써 시의 고답적인 품격을 파괴했으며 시를 생활인의 곁으로 끌어내렸다. 따라서 시법의 자유에서 수반된 변화는 그만큼 시가 자연스러워졌다. 특정한 틀에 안주하는 것이 아니라 그 틀을 부수어버리고 파격의 형태를 취함으로써 새로운 시의 경지를 열어주었다.

여기에 현대인의 정신적 갈등과 고뇌를 주제로 삼으면서 정체성의 문제도 제기 되었다. 즉 인간이란 무엇이며 나는 누구인가에 대한 본원적 물음으로 돌아선 것이다. 따라서 마음이 마음을 대상으로 삼는 유식唯識의 문제에 닿게 되었다. 유식의 수행은 어떠한 사람이 어떠한 단계에 의해서 어떻게 구원을 찾아가는가에 포착되어 진다. 이러한 일련의 탐구는 시의 탐구로 직결되어 시를 풍요롭게 한다.

그리고 다솜의 시적 감각의 다양성은 시적 욕구에서 비롯된 것이라고 볼 때 지적 수행을 수반하게 된다면 발전적 효과를 거두게 될 것이다. 변화의 중심에 다솜의 시가 있다.

2015년 『상주문학』 27집 특집에서 김다솜의 시 세계를 「자유로운 시법과 정체성 찾기」라 제하여 쓴 글의 맺음말에서 언급한 내용이다. 아니나 다를까 첫 시집 『나를 두고 나를 찾다』(2017년 리토피아)에서 자아 탐구의 존재론적 인식을 보였다. 허장성세虛張聲勢로 가화假花가 난무하고 있는 세태에 휩쓸리지 않고 자기의 정체성을 유지하며 자기의 길을 걸어왔다. 다솜 시의 변화를 예견한 터여서 당연한 진행이라고 보았다.

이번 시집 제명 『저 우주적 도둑을 잡다』는 그의 관심이 자아에서 세계로 넓혀졌음을 보여준다. 사고의 진경進境이자 담대膽大한 전개다. 다솜은 시인의 말에서 아르케arche를 얘기하고 있다. "그대를 만난 것은 나의 행운/ 시작이자 끝, 끝이자 시작이다."라고 했다. 아르케는 고대 그리스어로 '처음' '시초'를 의미한다. 고대 철학에서는 원리, 원인, 원질이라는 의미로 사용했다. 세상 만물의 근원을 물, 불 공기, 영혼, 생명에 해당하는 프시케Psyche로, 사랑과 미움으로, 수의 조화로 정의하기도 했다. 한편 불교에서는 지수화풍 사대 요소로, 유교에서는 이理와 기氣로, 도교에서는 도道로 풀이하기도 했다. 또한 아르케란 시간의 맨 처음, 공간의 앞자리를 말하는 개념으로 지도자나 권력자를 의미한다. 다솜이 이러한 우주의 근원에 대한 생각을 가졌다는 것은 존재의 근원에 닿고자 하는 의지의 표출이며 사고의 파장이 넓혀졌음을 뜻한다. 공기의 중요성을 알면서도 무감각해지는 타성이랄까 거기에서 벗어나는 깨달음은 시의 자각으로 이어진다. 이번 두 번째 시집의 작품들은 이런 원론적 환경에서 빚어진 것이라고 하겠다.

2.

다솜은 불교에 일찍 귀의했다. 정적인 도량의 분위기를 체득했으며, 동적인 수행도 뒤따랐다. 면벽참선으로 정좌한 쪽보다는 생활선의 면이 두드러진다. 일하면서 수행하는 일 속에서 참을 찾는 쪽이다. 이러한 자세가 실생활에 그대로 반영되어 드러난다.

다솜의 생활은 매우 활동적이다. 주 생활공간은 상주지만 손자들이 있는 서울을 오간다. 그리고 지역의 문학예술 행사의 현장에는 어김없이 그가 있다. 그냥 참가하는 것이 아니라 진행에 보탬이 되는 일을 조용하게 한다. 얌전하게 앉아있지 않고 봉사의 손길이 바쁘다. 그것도 보이지 않는 곳에서 하는 일이 다반사다. 할 수 있는 일이라면 마다하지 않는 적극성이 익혀졌다. 활달한 성품으로 생활의 공간은 넓기만 하다.

시가 생활의 반영이라고 할 때 이 말은 그대로 그에게 적용된다. 봄이 되면 봄의 향기가 나는 곳에 그가 있다. 쑥과 냉이가 돋아나는 밭이나 강변에 어김없이 그가 있다. 곧이어 고운 빛깔의 향기로운 쑥떡으로 이웃과 지인들에게 나눠진다. 향긋한 미각의 공유를 그는 즐거워한다. 그의 생활과 정신의 유영遊泳은 자유롭고 자연스럽다. 그런 과정 속에 시가 따른다.

시 쓰기는 자기 자신을 돌아보고 찾아가는 일, 나는 누구인가를 묻는 작업이다.

그는 어디에서 왔을까

바라지창으로 생쥐처럼 들어와
사그작사그작 뭔가 갉아 먹으며 간다

봄여름가을겨울 맞이하고 보내는 전령사를 미워하다 사랑하다
벌주다 용서하다 다시 사박사박 걸어갔지

정보과 형사도 잡지 못하는 저 위대하고 자상한 우주적 도둑을
내가 한때 올가미로 순간 잡았다 놓쳤지

때론, 망각의 수면제이자 비타민, 나무와 꽃도 그 물소리에 피
고지고 변화무쌍한 구름과 바람들 바다 건너게 했지

버스와 기차, 비행기와 배를 기다리게 하면서 넘어지게 했지 저
마다 꿈을 가방마다 채우더니 비우게 했지

누군가 잡으려 해도 잡히지 않은 그는 뭔가 서로 나누어 보관
하다 결국 그 자리 놓고 아늑한 집으로

푸른 낮달과 초승달 깨우는 알람소리
쉼없이 셈을 세며 걸어가는

그는 어디에서 왔을까
―「저 우주적 도둑을 잡다」 전문

이 작품을 보며 먼저 떠오른 것이 『불설비유경』에 나오는 안수정등岸樹井藤의 불교 설화이다. 옛날 어떤 나그네가 벌판에 나갔다가 갑자기 사나운 불길을 만나는 것으로 시작되는 이야기. 여기에 나오는 나그네는 어리석은 중생, 벌판은 우리가 살고 있는 세계, 코끼리는 인생무상, 절벽은 생사의 현장, 등나무 넝쿨은 수명, 이무기는 죽음, 독사는 육신을 구성하는 지수화풍 사대 요소, 흰쥐와 검은 쥐는 낮과 밤으로 시간, 불은 늙고 병드는 것, 다섯 방울의 꿀은 오욕(재물욕, 성욕, 식욕, 명예욕, 수면욕)을 의미한다. 운명 지워진 인간의 실상을 파악하여 생사고락을 떨쳐버리고 자각적 믿음으로 안내하는 잘 알려진 이야기이다.

무한한 영원의 시간 속에 인간은 유한한 존재다. 유한하기에 무한을 꿈꾼다. 표제시 「저 우주적 도둑을 잡다」는 다솜 시의 변모를 일별케 한다. 그동안 툭툭 뱉어내는 무규정의 생경한 시어의 남발로 이렇게 써도 시가 되는가라는 기우를 말끔히 씻어냈다. 정제된 언어와 신선한 구체적 이미지, 은유에 의한 기법은 시의 완성도를 이루고 성취의 진경을 보여준다.

중칭으로 호명되는 '그'의 출처이자 근원을 묻는 의문은 시종 이어진다. 위의 설화에서 흰쥐와 검은 쥐를 연상케 하는 바라지 창으로 들어온 생쥐처럼 뭔가를 갉아먹고 봄여름가을겨울을 맞이하고 보내는 계절의 전령사를 관장하다가 사라진 그. 정보과 민완 형사도 잡지 못하는 우의적 표현에 내가 한때 올가미로 잡았다가 놓친 그. 이 부분에서 그물에 걸리지 않는 무엇을 직감할 수 있지만 내가 잡아서 향유할 수 있는 존재가 아님은 그의 절대성을 나타낸다. 수면제, 비타민, 나무, 꽃이 물소리로 피고 지게 하는 실재는 소리가 없는 흐름, 그리고 시시각각으로 변화하는 구름과 바람의 현존재들을 바다를 건너게 한 것이니 사라짐의 길에서 건너야 할 고해가 아닌가. 이쪽에서 저쪽으로, 이승에서 저승으로, 차안에서 피안으로 가게 한 것이 아닌가. 버스, 기차, 비행기, 배는 이동 수단으로서 필수적인 이기들을 기다리게 하면서 넘어지게 하여 좌절을 맛보게끔 한다. 꿈을 가방마다 채우더니 비우게 한 애초 무에서 유로 유에서 다시 무로 돌아가는 색色이 곧 공空이요, 공이 곧 색인 경지를 나타냈다. 그런가 하면 가방마다 채운 꿈을 비우게 한, 잡아서 간직할 수 없는 가졌다가 두고 가는 공수래공수거의 삶을 나타냈으니 뭔가 서로 보관하며 누리다가 결국 그 자리에 놓고 가는, 아늑한 보금자리인 왔던 곳으로 다시 돌아가는 회향의 이치가 선연하다.

푸른 낮달과 초승달을 깨워서 떠오르게 하는 알람소리, 쉼 없이 셈을 세고 가는 그러나 실제는 낮달과 초승달이 은연중에 작용하여 내는 소리요, 셈이 없는 셈이 아닌가.

그는 어디에서 왔을까? 온 곳도 간 곳도 없는 무시무종無始無終의 경계. 시작도 끝도 없는, 시작과 끝이 다르지 않는 불생불멸不生不滅의 경지이다. 단지 현상에 집착하여 고뇌를 일으키는 데 한 생각을 놓으니 번뇌도 사라지고 안심의 경지에 이른다. 깨어있는 태초의 무한한 시공을 생각케 한다. 한계 지워진 시간 속의 존재에서 일탈을 꿈꾸어도 될까보다.

높은 하늘 뜬구름들이며
출렁거리는 강물들도 내 핏줄

차갑거나 덥거나 바람도 내 핏줄

눈앞에 아른거리는 먼지도 내 핏줄

나무와 꽃잎에 맺힌 이슬도 내 핏줄

부모, 형제, 자매, 친척만 내 핏줄일까?

내일 만날 사람과 이웃들도 내 핏줄

그 핏줄들 덕분에 살고 있음을

오래 동행할 핏줄은 누굴까?

　　　　—「동행」 전문

　한마디로 부모, 형제, 자매, 친척만 내 핏줄이 아니다. 뜬 구름, 출렁거리는 강물, 차고 더운 바람, 아른거리는 먼지, 반짝이는 이슬도 내 핏줄이다. 내일 만날 사람과 이웃들 모두가 내 핏줄이다. 자질구레한 사물들과 생물들 그리고 사람이 다 나의 핏줄이다. 핏줄 덕분에 내가 살고 있다. 이 세상에 혼자는 존재할 수 없다. 존재의 연계성과 공존성, 상보성에 의해서 삶은 영위된다. 인종적 편견이나 국가적 이기심을 버리고 인류 전체의 복리 증진을 위하여 전 인류가 모두 평등하게 서로 사랑해야 한다는 박애주의적인 발상이다. 해, 달, 별과 같은 자연계의 사물과 동식물, 무생물까지 모두 생명이나 영혼을 가지고 있다고 믿는 정령신앙精靈信仰, 곧 애니미즘Animism과도 무관치 않다. 뭇 존재에 대한 사랑으로 삶의 경건한 자세를 읽게 한다. 그런데 오랫동안 동행할 핏줄은 누굴까? 라고 묻는다. 이 물음에 대한 일차적 답은 시에 들어있는 모든 자연물과 사람들이다. 그러나 여기에 그친다면 그의 사유의 진폭으로 보아 만족할 수 없다. 위의 이야기에서 보다 큰 답은 이미 나와 있다. 시간과 공간 세월이 눈앞에 놓여있다. 보이지 않는 핏줄의 존재를 놓칠 수 없다.

> 그곳에서 만났던 새와 꽃들은
> 어디서 무엇을 하고 있을까
> ―「인연」전문

두 행으로 된 짧은 시에서 시인이 무슨 생각을 하고 있으며 어떤 세계를 추구하고 있는가를 짐작할 수 있다. 새와 꽃이 어디에 있던 새는 즐겁게 지저귀고 꽃은 향기롭게 피어 있기를 바라는 것은 당연한 일이다. 문제는 새와 꽃들이 어디서 무엇을 하고 있을까 하고 물음을 제기 한 데에 있다. 새와 꽃들에 대한 문안이자 궁금증의 발로이다. 그들이 하는 기본적인 일들이 제한을 받지 않고 할 수 있다면 구태여 이렇게 의문을 던지지 않을 것이다. 억압, 부자유, 소외 이런 것들로 말미암아 제 몫을 다하지 못하는 걱정을 표출한 것이다. 이러한 걱정은 비단 새와 꽃에 국한된 것이 아니다. 한갓 기우杞憂를 넘어선 존재한 모든 것들에 대한 관심이다. 우리는 어디서 무엇을 하고 있을까, 나는 어디서 무엇을 하고 있을까의 물음에 이른다. 존재에 대한 본질적 물음을 제시하고 있다.

3.
완두콩만한 푸른 눈동자가

굵어진다며 알 솎기 부탁을 받았다

매달린 송이들 중 두 송이만 남기란다

그리고 보랏빛 구슬들이 굵거나

작은 것 떼어내라며 부탁, 부탁을 한다

그게 알 솎기의 법法, 어느 로스쿨이며 법대에서

배운 형법이며 민법, 수사법, 은유법인지

그 법에서 절대 벗어나면 안 된단다

고만고만한 것들 중 어느 것을 보내고

남겨야 하는지 어떤 것이든 솎아내야 하는…

포도 앞에서 쪽가위를 들고 요리조리 곁눈질을 한다

비정규직, 명퇴, 실직의 쪽가위가 생각이 났다

잘리기 싫어도 잘리고 나면 바닥이지만

바닥에서 다시 뿌리 내리고 꽃을 피우고

밤이슬 먹은 도토리가 바닥으로 떨어질 때

저 멀리 언덕에서 올라오는 발자국 소리 듣는

그들도 법, 법의 하루를 보내다 잠든 사람처럼

주머니 없는 수의를 입은 채 박스에서

박스로 달콤한 여정을 떠난다.

　　—「포도 나뭇가지의 법法」전문

　다솜은 활달한 성품으로 자기가 하는 일을 서슴없이 얘기한다. 감춤이 없이 솔직하다. 봄이 되면 포도알 솎기나 봉지 씌우기, 사과 열매 적과를, 가을 곶감 철이면 감 깎으러 간다고 털어놓는다. 일을 어렵고 귀찮게 생각지 않고 일을 즐기는 쪽이다.

일을 돕는 현장에서 일로 끝나는 것이 아니라 오고 가는 정감을 다지고 변화하는 세태를 담는다. 이 모든 것들이 시로 연결된다. 일거양득一擧兩得의 보람 있는 작업이다. 다솜에게 일터는 시가 있는 현장이다.

　다솜의 시적 현실 인식은 깊고 넓어졌다. 「포도 나뭇가지의 법法」은 하나의 좋은 보기이다. 상품 포도를 생산하기 위해서는 알 솎기를 해야 한다. 그래야 토실하게 영근다. 알 솎기 법이 로 스쿨의 형법, 민법으로 전위되더니 글짓기의 수사법 은유법으로 확산되어 풍자적 유희의 맛을 보태준다. 연상에 의한 묘한 조합이다. 그러나 문제는 법도를 벗어나서는 안 된다는 것으로 남길 것만 남기고 솎아낼 것만 솎아내야 하는 포도 나뭇가지의 법이다. 준법의 일을 하면서 재판관의 쪽가위를 들고 판단을 하는데 비정규직, 명퇴, 실직의 쪽가위로 파생된다. 잘리는 아픔으로 생존의 어려움과 직결된 심각한 현실 문제를 드러냈다. 타의에 의한 실직으로 바닥에서 겪는 고통은 재기의 뿌리를 내린다. 꽃을 피우는 어기찬 삶을 보여준다. 이른 새벽 하루를 시작하는 발자국 소리, 법속에서 법을 지키며 법대로 살다가 안식에 드는 사람들이다. 그들의 꿈속 여행은 '주머니 없는 수의를 입은' 잘 익은 포도의 달콤한 여정에 오른다. 줄여서 포도법과 민형법, 그리고 수사법은 직접 하는 일과 우리 생활에 연관된 법과 시 쓰기의 법이다. 이 법들은 모두가 물처럼 자연스럽게 흘러가는 뜻을 지닌다. 걸림이 없는 질서가 따른다. 시인은 수사법 곧 시법을 지켜야 시가 산다. 사고의 파장이 단조롭지 않다. 다솜의 시가 윤택해지는 이유이다.

시인은 자기 자신에게 묻고 답하지만 그 물음의 효과는 동시대와 후대 사람에게까지 윤리적 도덕적 각성을 하게 한다. 그래서 시의 형식은 고백의 형식이라고 하겠다.

> 살포시 기억을 찾는 눈썹과 눈꺼풀은
> 깨어보니 어제는 버스와 기차의 빈자리
> 오늘은 깨어보니 거실과 안방 오고 갔었지
>
> 내일은 어쩌면 유람선이며 비행기 좌석
> 또 깨어보니 쓰레기 가득한 창고 닮은 방
> 깨어보니 허공 침대에서 잠을 잘 줄이야
>
> 문득 인연을 잘못 맺어 감옥 있을 줄이야
> 순간 실수로 무덤에서 잠꼬대 할 줄 몰랐지
> 허공 침대 찾아다니다 꿈나라로 가나보다
>
> 추억을 찾아다니는 눈꺼풀과 눈썹은
> 시냇가에서 금돌은돌 서로 주고받았고
> 잠자리와 나비 잡다가 술래잡기 했었지
>
> 소나무 아래 맥문동과 구절초 피었다 지고
> 그대와 나 잠에서 깨어보니 지금 여기에서
> 허공 침대 누웠다 앉았다 일어났다 다시.
> ─「호모 사피엔스의 잠」 전문

호모 사피엔스Homo sapiens는 현생 인류와 같은 유의 신인新
人이다. 직립 보행, 1300㎤의 뇌용적을 가지고 언어와 문자 같
은 상징들을 사용했다는 점에서 이성인이다. 인간의 본질이 지
성으로 이성적 사고를 하는 인간관을 가진 호모 사피엔스는 시
원의 조상이자 바로 우리 자신이다.

「호모 사피엔스의 잠」은 근래 가장 물의를 일으켰던 부의 축적
을 위한 아파트 파동을 다루고 있다. 어제는 버스와 기차의 빈자
리에서 오늘은 거실과 안방을 오고 간 단조로운 생활이다. 내일
은 일상에서 변화된 공간으로 호화로운 유람선과 비행기 좌석을
꿈꾼다. 그러나 잠을 잔 곳은 쓰레기 가득한 창고 같은 방의 허
공에 뜬 침대이다. 우리 내 삶이란 인연 소산이다. 잘못 맺은 인
연과 실수로 감옥 같은 무덤에서 잠꼬대하며 꿈나라로 간다. 금
돌은돌을 주고받고 잠자리와 나비도 잡으며 술래잡기했던 어린
시절 추억을 되살린다. 즐거웠던 유년의 체험을 떠올린다는 것
은 세태의 변화뿐 아니라 각박한 현실 생활을 떠올리게 한다. 지
금 여기 허공 침대의 주어진 상황에서 벗어나지 못하는 족쇄가
채인 한계상황에서 초조와 조급함을 보인다. 꿈속이라지만 순
박한 이상세계를 희구함에 있음에랴. 그러니까 우리 생활에 민
감한 주거 공간의 이면에는 시인이 추구하는 자유로운 공간이
있으며 편리한 집이 있을 것이다. 주거 공간은 시의 공간이다.
「호모 사피엔스의 잠」은 나락으로 떨어지는 불행한 잠이 아니라
맥문동과 구절초가 피고 지는 현세의 잠으로서 안식과 평화에
이르는 도정이다.

머무는 곳이 기도처인데 꼭 그곳에서 해야 기도일까
눈부신 햇살과 봄꽃들이 힘내, 힘내라며 응원을 합니다

공정하고 의리 있는 세계적 지역적 거대한 바이러스악마를
쇳물이 펄펄 끓는 지옥으로 보내는 거룩한 신神은 없었습니다

모든 접촉은 흔적을 남긴다 했지만, 다시 찾지 못할
그 흔적 찾으려고 해우소 앉으니 철썩 파도소리 들렸습니다
　　　　　　　　　　　—「모든 접촉은 흔적을 남긴다」 부분

　생존의 법과 호모 사피엔스의 잠은 모두가 접촉에서 생겨난
일이다. 접촉은 만남이다. 우리의 삶은 만남에서 시작되고 만남
에서 끝난다. 모든 접촉은 흔적을 남긴다는 것은 현상으로 나타
남이다. 코로나로 고통 받는 시대 방역의 천사들은 밤을 새우고
있다. 그러나 거대한 바이러스 악마를 물리치는 것은 거룩한 신
도 아닌 손 씻기와 마스크뿐이라는 아이러니 속에 햇살과 봄꽃
들이 힘내라고 응원을 하는 아름다운 흔적을 본다. 그런데 그 흔
적 찾으려고 해우소解憂所에 앉으니 철썩 파도 소리가 들린다는
배설 소리와 파도 소리의 절묘한 조화로 근심을 풀게 된다. 풍자
와 해학적인 요소가 담겼으면서도 우리의 일거수일투족은 백일
하에 드러나기에 긴장을 풀 수가 없다. 남이 모르는 숨겨진 곳
이 없는, 전능한 누군가가 나의 모두를 보고 있는 열린 세계에
서 머무는 곳이 기도처요, 꽃자리가 아닌가. "반갑고 고맙고 기
쁘다// 앉은 자리가 꽃자리니라// 네가 시방 가시방석처럼 여기

는/ 너의 앉은 자리가/ 바로 꽃자리니라// 반갑고 고맙고 기쁘다.” 라고 읊은 구상 시인의「꽃자리」짧은 시가 가슴에 닿는다. 지금 여기 우리에게 주어진 오늘과 오늘의 일들을 소홀히 할 수 없는 것이다.

4.
이런 시는 어디 있을까

엔돌핀으로 세포 살리는 시
도파민으로 등골 펴게 하는 시
세라토닌처럼 젊게 해주는 시

삶은 감자처럼 달콤한 시
아이스크림처럼 부드러운 시
민들레 뿌리처럼 쌉쌀한 시

이런 시는 어디 있을까.
―「약詩」전문

시인이면 누구나 꿈꾸는 시이다. 다솜이 시를 쓰면서 염두에 둔 것은 자기만족에 있지 않고 이타利他에 있음을 보여준다. ‘세포 살리고’, ‘등골 펴게 하고’, ‘젊게 해주는 시’는 인간의 건강과 수명으로 누구나 바라는 것이다. 달콤하고 부드럽고 쌉쌀한 맛을 돋우는 시의 미각도 우리가 선호하는 것이다. 강한 진통 작용을 하고, 뇌신경 세포의 흥분 전달에 중요한 구실을 하며, 주의력과 기억력을 향상시켜 생기를 불러일으키는 약물처럼 인간을 위한 시의 보살행이다.

시인이면 누구나 꿈꾸는 것이 시의 힘이다. 시의 힘은 경계를 허물며 시공을 초월하여 은밀하게 작용한다. 시의 힘이 이렇게 나타난다면 시인은 건강한 시의 전도사로서 각광 받을 터인데 그렇지 못한데 좌절과 아쉬움이 따른다. 이것은 일차적으로 시인의 사명이자 시인의 몫이다. 일단 표출되고 나면 나머지는 독자의 몫이다. 어떻게 받아들이고 생각하느냐에 달렸다. 공자는 시를 공부하지 않으면 말할 것이 없다不學詩 無以言고 했다. 시 공부는 특정인들에게 국한된 것이 아니라 모든 사람에게 필요함을 일러주었다. 시는 서로 간의 소통과 화답和答을 위해서 소용이 된다. 뜻과 정서의 교감에도 힘이 작용한다. 경구나 명언의 역할과 다름이 없다.

육아 도우미 구하지 못하고
어린이집 맡기는 아기 엄마에게
밤낮 손님 뜸한 재래시장 상인들에게
수많은 청년 실업자와 취업 준비생에게
바쁘게 오고가는 출, 퇴근하는 직장인에게
배고픈 아기와 노인들에게 무슨 도움이 될까
복福 많은 사람들이 읽고 책장에 넣었으리라
그곳에서 칼잠과 꿀잠자다 벌떡 일어나

하품하다 어깨를 펴고 웃고 있을까

위대하고 거룩한 시와 나의 시는

수십만 취업 준비생 취직 못 시켜주고

감옥 들어간 囚人들 석방 못 해주는 것을

암으로 아픈 환자들 치유도 못 해주고

우울증 환자 죽음마저 막지 못했지

치매 걸린 노인들 치유할 수 없고

못하는 게 많고 많아도 읽고 즐거운 시

못하는 것 많아도 계속 나오는 詩들이다

　　　—「미안한 詩」부분

　시 치유(治癒 poetry therapy)는 시poem와 의학적으로 '돕
다'라는 뜻인 치료therapeia의 합성어이다. 시poem와 포에트리
poetry 역시 '만들다'라는 뜻의 희랍어 '포이에시스poises'에서 기
원한 것을 볼 때 시 치료의 역사는 고대 그리스로 거슬러 올라간
다. BC 1000년경 고대 그리스 테베 도서관 입구에는 '영혼을 치
료하는 장소'라고 쓰여 있었다고 전해진다. 책(시)이 영혼을 치
료하는 것으로 밝혔다. 몸의 고통에는 히포크라테스에게 가지
만 정신적 고통에는 아폴로 신전에 가서 기도했다. 정신질환을
앓는 환자들의 치료법으로 '처음에는 말(언어)', '두 번째는 식물
(약제)', '세 번째는 칼(수술)'의 순서로 기록되어있다.
　시의 특질 중에서 치유의 기능을 외면할 수 없다. 시에서 이미
지는 정서와 사고에 재현된 기억의 성격을 가지고 있다. 상상력
을 통해 자유로운 이미지를 떠올릴 수 있고 정서적 환기가 가능

해진다. 상상력은 무한한 세계를 그려낸다. 시 창작은 개인의 무의식을 상상력에 의해 이미지로 표출함으로써 억압된 감정에서 해방될 수 있게 된다. 시는 억압과 굴절로 인하여 심리적으로 상실된 언어(기억)를 의식과 무의식에서 찾게 하여 감정의 변화를 수행하는 정신적 욕망의 도구라고 할 수 있다. 시 창작은 감정의 순화와 정서의 회복이며, 자아에 내재 된 갈등을 해소시키는 능력과 적응기능을 높인다. 감정유로의 길이 열린다.

시 치료의 작용은 내면의 생생한 이미지나 개념, 그것이 불러일으키는 느낌에 감응하는 능력을 계발하는 데 있다. 그래서 자신에 대한 이해를 증진시키고 보다 정확한 자아 인식을 증폭시키는 것이다. 시는 내면의 격렬한 감정을 털어놓고 해소함으로써 긴장을 완화시키고 새로운 생각, 통찰, 정보들을 의미화하면서 상처 입은 정서를 정비하고 삶의 의미를 발견하게 한다.

시의 사명과 시의 효용을 거듭 생각하게 한다. 시가 고통 받는 모든 사람들에게 도움이 된다면 진정 그렇게라도 된다면 춤출 일이다. 실제에 있어서는 그렇지 못함에 더 큰 고민이 있다. 아무것도 해주지 못하는 시의 한계를 자탄하고 있다. 이것을 극복하는 일은 시에 주어진 짐을 줄이는 일이다. 중량 초과의 차는 제 속도를 내지 못한다. 목적을 앞세우는 시는 식상하기 마련이다. 시를 시로서 그냥 두는 일이다. 거짓 없는 생각과 온화하고 부드러우며 두텁고 후함이 시가 가르치는 바라고 한(溫柔敦厚詩教也 예기-경해經解) 본디 바탕으로 두는 일이다. 설령 시의 능력이 따르지 못해서 못하는 것이 많아도 읽고 즐거운 시는 계속 나올 것이라고 믿고 있다. 시는 언어가 있는 이상 사라지지 않는다. 한자의 시詩가 일러주는 '말의 길'이 시사하는 바가 크다. 말의 길은 사람의 길이기 때문이다. 시는 인간의 가장 완벽한 발언'(19세기 영국 매슈 아널드)으로서 우리 곁에 존재할 것이다.

> 보이지 않는 힘에 끌려가는
> 꿀처럼 새콤달콤한 선물입니다
>
> 삶에 지친 그대의 영혼을
> 무엇으로 평온하게 해드릴까요
>
> 숨은 시를 찾으려고 흔들리는
> 따뜻한 그늘 밟으며 산책합니다
> 삶에 지친 그대의 영혼을
> 무엇으로 평온하게 해드릴까요
> ─「내 안에 숨은 詩」 전문

보이지 않는 시의 힘은 꿀처럼 새콤달콤한 선물이다. 그래서 숨은 시를 찾으려 흔들리는 그늘을 밟으며 산책도 한다. 중심은 삶에 지친 그대 영혼을 무엇으로 평온하게 해드릴까요라는 물음이다. 즉답은 이럴 것도 없이 '시가 해드린다'이다. 시인은 시의 힘을 믿는다. 시가 무엇인가는 해드릴 수 있다고. 보람과 위안이 되고 공감하고 자신을 보는 무엇인가를 할 수 있다고.

「약시」,「미안한 시」,「숨은 시」는 다솜이 시에 대한 탐색을 보여준다. 앞머리에서 말한 시의 자각과 다름 아니다. 시를 쓰면서 나를 생각하고 시를 쓰면서 시를 생각하는 자각적 물음은 나의 삶을 아름답게 가꿀 것이며 시를 시답게 할 것이다.

5.

국내 최초의 인공지능 AI시인 '시아SIA가 시극詩劇 '파포스'를 지난 8월 12-14일 대학로 예술극장에서 초연했다. '파포스'는 시아가 쓴 시 「고백」, 「시를 쓰는 이유」 20여 편으로 극을 구성했다. "시아는 인터넷 백과사전과 뉴스 등으로 한국어를 익히고 한국 근현대시 1만 2000여 편을 학습했다. 글감을 입력하면 30초 만에 시를 뽑아낸다."고 했다.

"시를 쓰는 것은/ 자신의 말을 덜어내는 것입니다/ 덜어내고 덜어내서/ 최후에 남는 말이 시입니다// 바람에 띄운 무당벌레의/ 날개짓입니다// 더 가볍게/ 이 세상에서 제일 가벼운 말을/ 부르는 것입니다"(시아의 시 「시를 쓰는 이유」 중에서)이처럼 AI가 시를 쓰는 시대지만 상상력에 의한 시의 창작은 역시 인간의 몫으로 남을 것임은 물론이다.

"이 깔딱 고개에서/ 나는 돌아갈 수 없다."(「봉정암 가는 길」)고 한 것처럼 우리에게 주어진 삶의 고개 나아가 시의 고개에서 돌아갈 수 없다. 깔딱 고개를 넘어야 목적지 봉정암에 닿는다. 다리가 아프고 숨이 차드라도 나아가야만 하는 당위성과 주어진 사명감이 있다.

"그러니까, 살기 위해 다리와 다리를 건너듯/ 살아가려면 지하철 환승역 갈아타듯 피할 수 없는/ 인고의 세월 역에서 지름길 찾지 못하고 부딪히면서/ 변덕스런 계절을 거부하지 않고 그곳까지 온 강물들"(「무채색 수채화를 그리는 강」)처럼 삶을 이어가야 할 운명을 타고났다. 좋든 싫든 주어진 운명을 사랑하며 살아갈 의무가 주어 졌다. 그것은 이 세상에 생명을 받아 태어난 자의 의무이자 당위이다.

어느 외신 기자가 한국인은 말은 있되 생각이 없다고 했단다. 말은 무성하게 있어도 실천이 없는 공허함을 이른 것이요, 가벼운 단세포적인 생각으로 일을 그르치는 경우를 말한 것이다.

시인은 거짓 없는 시적 진실을 말해야 하며 생각을 담아야 한다. 한때 '생각하는 국민이라야 산다'고 역설한 종교인도 있었다. 다솜의 시는 흔들리는 존재의 무거움으로 다가섰다. 언어의 정제에서부터 존재의 근원을 탐색하는 사유의 깊이가 확대 심화되었다. 점진적인 변모에 따른 은유적 수사와 깨달음의 직설적 투기가 시를 시답게 한다. 자유롭게 툭툭 던지는 언어의 맛이 신선하다. 시가 많으면서도 시가 드문 시대 다솜의 시는 읽혀지는 시로서, 생각하는 시로서, 찾아보는 시로서 사랑받기를 바란다.

김다솜 시집
저 우주적 도둑을 잡다

발　행　　2022년 10월 30일
지 은 이　　김다솜
펴 낸 이　　반송림
편집디자인　반송림
펴 낸 곳　　도서출판 지혜
　　　　　　계간시전문지 애지
기획위원　　반경환 이형권
주　　소　　34624 대전광역시 동구 태전로 57, 2층 도서출판 지혜 (삼성동)
전　　화　　042-625-1140
팩　　스　　042-627-1140
전자우편　　ejisarang@hanmail.net
애지카페　　cafe.daum.net/ejiliterature

ISBN : 979-11-5728-490-0　03810
값 11,000원

* 2022년 한국예술인복지재단 창작지원금 일부를 지원받아 발간되었습니다

김 다 솜

김다솜 시인은 경북 문경에서 태어났고, 방송통신대 국문학과 졸업했다. 2015
년 『리토피아』로 등단했으며, 첫 번째 시집인 『나를 두고 나를 찾다』를 출간했
다. 제9회 경북여성백일장 차상을 받았으며, 제10회 경북 여성문학상을 받았
다. 한국시인협회회원, 상주문인협회 회원, 경북문단편집위원, 경북여성회원
으로 활동하고 있다.

김다솜 시인의 첫 시집, 『나를 두고 나를 찾다』가 자아 탐구의 존재론적 인식을
보여주고 있다면, 김다솜 시인의 두 번째 시집인 『저 우주적 도둑을 잡다』는 그
의 관심이 자아에서 세계로 더욱더 깊이 있고 폭넓게 확대되었다고 할 수가 있
다. 영원한 제국의 황제가 되고 싶은 꿈과 전인류의 스승이 되고 싶은 꿈, 세계
적인 대서사시인이 되고 싶은 꿈과 세계적인 부자가 되고 싶은 꿈, 이 세상에서
가장 큰 날개옷을 입고 자유자재롭게 우주여행을 다니고 싶은 꿈 등──. 이 모
든 꿈들은 전혀 터무니 없고 허무맹랑할지라도 그러나 그 꿈들이 있다는 것만
으로도 너무나도 즐겁고 기쁜 망상과 몽상의 주인공으로 살아갈 수가 있는 것
이다.

『저 우주적 도둑을 잡다』. 꿈을 꾸면 천하는 다 내것이 되고, 모든 신들, 즉, 저
우주적인 대도둑들은 모두가 다같이 나의 호위무사가 된다.

이메일 altari1222@hanmail.net